KB077082

Presented by

TONO의

묘[猫]한 괴담2

『TONO의 묘(猫)한 괴담』

TONO의 묘[猫]한 괴 담

제 14 화

6

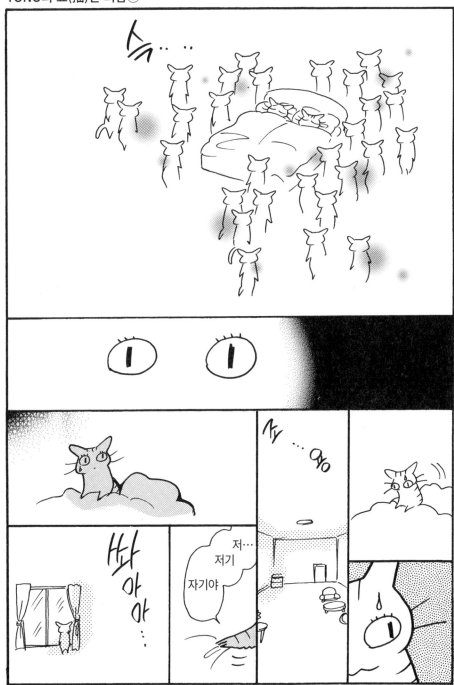

11

TONO의 묘[猫]한 괴담

제 15 화

A코 씨와
B코 씨는
회사 동료

어느날 둘이서
바닷가
리조트 호텔에
갔습니다

와~

그날 밤

그렇게
실컷 즐기고

여자
둘이서도
좋네~♂♂

바다는
언제 와도
좋아

비수기지만
재미있다~

여자
둘이지만
재밌다~♂♂

14

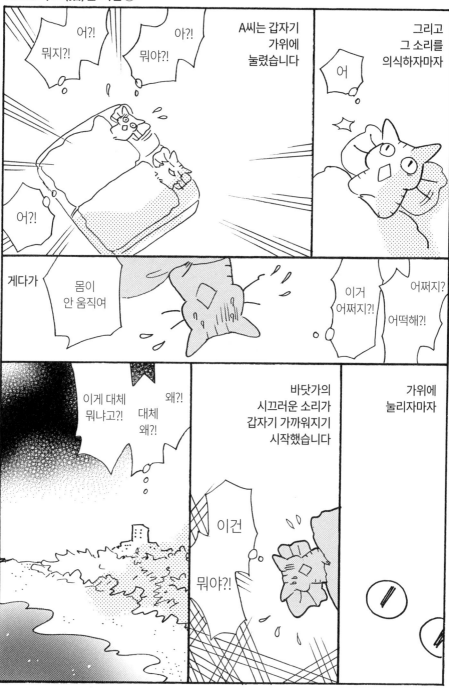

바닷가와
호텔 사이에는
꽤 넓은 소나무 숲이
있었는데

옆자리 B코 씨는
새근새근
자는 중이고

이런
밤중에

이런
오밤중에

몸은
안 움직이고

저 사람들
뭐 하는
거야?!

그 소리는
숲을 지나
점점 가까워지고

틀림없어!
이 방으로
오고 있어!

이
방에!!

가까이
왔어

A코 씨는
아주
당황했습니다

제15화 끝

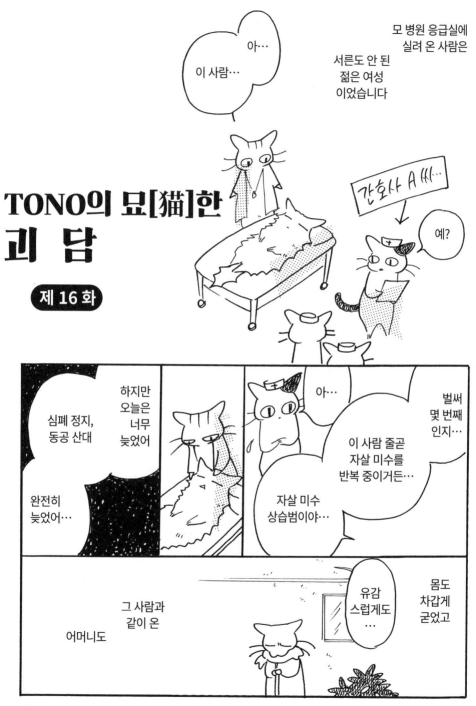

TONO의 묘[猫]한 괴담

제 16 화

24

제16화 끝

TONO의 묘[猫]한
괴담

제 17 화

오봉이나 쇼가쓰엔
친척들이 잔뜩
모이잖아요

※ 오봉(お盆) : 양력 8월 15일을 중심으로 치러지는 일본 명절 중 하나.
※ 오쇼가쓰(お正月) : 일본 설날인 양력 1월 1일.

이모들은
정말 엄마랑
똑같이 생겼죠

많이
컸네—

많이
컸구나—

임뫼②

임뫼①

엄마

전 아직 어려서
누가 누군지
몰랐죠

삼촌이니
이모니 하는
나이 많은
친척들이
잔뜩 있고

친척들 내역을
알게 된
어느날

큰 이모 작은 이모
자식이 저기 넷이고,
큰외삼촌 자식이
저 셋이고…

그런데
점점 커 가면서

29

제17화 끝

초등학생 때
였어요

TONO의 묘[猫]한
괴 담

제 18 화

같은 아파트에 살아서
매일 학교 끝나고
같이 집에 왔죠

T라는
친구가
있었고

어느 날

아파서
계속 입원해
있었어요

그런데
T네
어머니는

...

40

밤새도록 운전해서 왔으니 「절대로 안 헤매야지」라고 긴장했는데

※ 내비게이션이 없던 시절

동트기 전에 니이가타에 들어가서 톨게이트 통과한 뒤에

모르는 길이라 지도 보면서 병원까지 갔죠

곧장 병원 앞까지 간 거예요

전혀 헤매지 않고

누가 이리 가라고 하는 것처럼

제 차가 마치 미끄러지듯

그럼 다음 이야기에서

이번에는 「무섭다」기 보다는 조금 안타까운 괴이였네요

그때 그건

정말 신기한 일이었어요…

한 번 사장님하고 같이 성묘하러 갔었는데

TONO의 묘[猫]한 괴담

제 19 화

A코 씨
주부 38세

A코 씨 댁은
11층 아파트
입니다

어느 날

때앵…

어?!

아파트 1층
공동 현관에
물이 왜 고여 있을까?

애들이
쉬했나?

왜 저런 데
물이 고여
있을까?!

뭐야―

뭐지
이 물은?!

A코 씨는
엘리베이터 앞에
고여 있던 물을 밟고
발이 미끄러졌습니다

응?

쿠―웅…

땡

뭐지?!
저 낯선
화분은…

이래저래
생각하는 사이에
11층에
도착해 버렸습니다

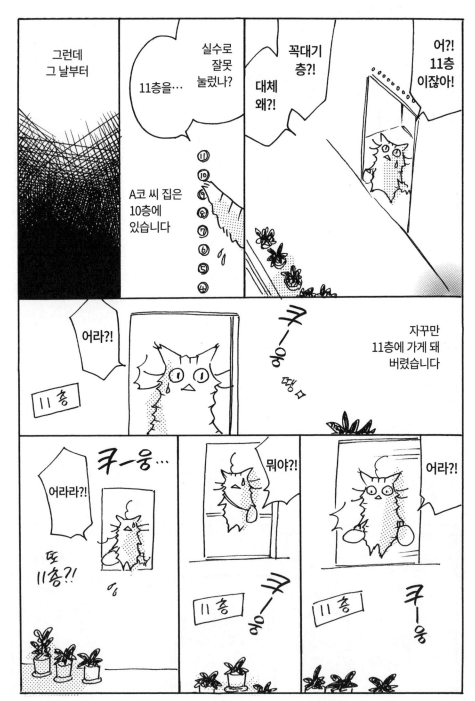

46

엘리베이터는
11층까지고

뭐

120세대나
되니까…

도어락
인데도
어떻게
이런 일이!

관리를
어떻게
하는 거야?

그

옥상 문 앞
공간에

공동 주택의
생각도 못한
맹점이네요

그 너머
옥상 입구까지는
아무도 안 가니까…

돌아오진
않은 것
같아요

그 뒤로
관리사무소도
특히 신경 쓰고
있지만

대체
어떤 사람이
어떻게
살았던 건지…

물건을 보면
아마도…

꽤 젊은
남자
노숙자…

……

대체 어디로
갔을까…?

제19화 끝

바로
얼마 전에 들은
따끈따끈한
이야기

여름
코미케에서

버스를
탔는데
말이야

TONO의 묘[猫]한
괴 담

제 20 화

손님이
나밖에 없는데
기사분이
몇 번이나

거기 손님

자리에
앉아 주세요

라고
하는 거야

?

위험하니까
앉아요

손님

손님

라면서 뒤를 돌아보고

좀 앉으라 니까!!

완전히 「어?!」라는 표정이 됐다.

글쎄 귀신이 나오잖아…

그리고 나중에 우연히 그 버스 회사 차고 앞을 지나가는데, 기사분 몇 분이

아~ 진짜 미치겠다 니까~

저는 이런 사소한 얘기가 좋습니다.

아냐!!

재미있어

그냥 그게 다야

라고… 하시더 라고

이런 거도 쓸만해?!

고마워 마야 씨

58

야한 책이 보고 싶어!!

야한 책!!

여자애가 없어진 원인이 짐작이 갔습니다

당시에 저는 힘이 넘치는 고등학생

하지만 다섯 살 여자애가 옆에 있다면 참아야해…

?

그래도 야한 책!!

하지만 다섯 살 여자애가 옆에 있다면 참아야지…

……

야한 책이 보고 싶어!!

고등학생인 제가…!!

일주일 이나!!

나

여동생

카타쿠라 선생님 부인

그렇게 일주일을…

열심히 참았어요

TONO의 묘[猫]한 괴 담 제 21 화

어느 날
A 씨와 B 씨는
회사 상사 C 씨
따님 장례식에
가게 됐습니다

C 씨한테
깜짝 딸이 있었네
놀랐어

알고
있었어
——?!

몰랐어

우리랑
비슷한
또래라더라

근데

집안에서 난
사고였대

어쩌다
죽은 걸까?

몇 년이나
집에 틀어박혀
있었다나 봐

듣자하니
고등학교
졸업하고

그런 얘기는
한 번도
안 했는데

못 들었어

단
으
락고...!

염주가…
이러면
되나?!

이렇게—

어쨌거나
참 안 됐다

...   ..

붕대 틈새로
피부가
조금 보이는데,
이건…

머리부터
양쪽 팔꿈치까지
붕대로 칭칭 감은
모습이었습니다

어?!

비참한
사고였어요

화상?!

튀김을 하려고
냄비 가득
기름을 끓였는데…

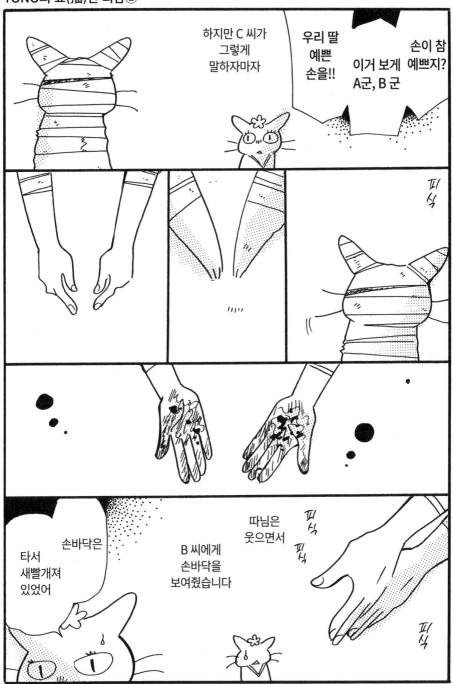

어느날 A 씨는 길을 걸어가다가 문득

그러고 보니까 B 씨

TONO의 묘[猫]한 괴 담

제 22 화

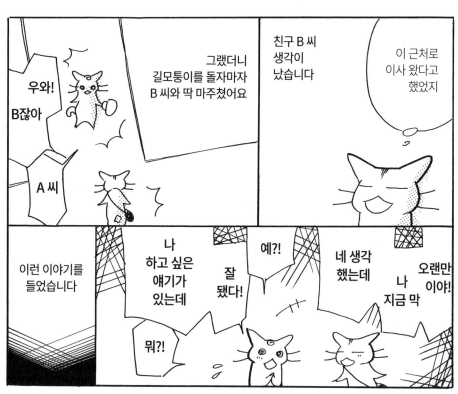

우와! B잖아

A 씨

그랬더니 길모퉁이를 돌자마자 B 씨와 딱 마주쳤어요

친구 B 씨 생각이 났습니다

이 근처로 이사 왔다고 했었지

이런 이야기를 들었습니다

나 하고 싶은 얘기가 있는데

잘 됐다!

예?!

네 생각 했는데

나 지금 막

오랜만 이야!

뭐?!

라는
말에

어디
처음 가는 데
들렀나요?

지난번에
씌여서
오셨던데

회사
동료가

그런데
그 뒤에

예?!
귀신

좋지
않아요…

E 씨

아…

라고…

좀
무서웠어요

「거기예요」
라고 해서

신사에서
도토리를
주운 얘기를
했더니

아는 분인 A 씨(우 30대)는
어느 날 오랜만에 만나는
친구 B 씨(우 같은 30대)를
기다리고 있었는데

……

그 이야기를 듣고
생각난 이야기

어서
오세요—

딸
랑…

늦었
잖아

미…
미안해…

주머니에도
도토리가
한가득…

수예…?!　　글쎄…
뭘 하지…?

아…　응…?!

도토리를
주워서
어디다
쓰려고?

……

그렇게 말하는
B 씨 손톱은
흙투성이였고

그때는
그렇게
생각
했는데

「여러모로
위태로운
상탠가
보네…」
라고

남친하고도
헤어졌다고
해서

끄덕
끄덕

나…
일 그만뒀어

뭐~?!

나
말이야

얼마 전에
액풀이
받고 왔어

그 뒤로
한참 지나서

안녕 A

제23화 끝

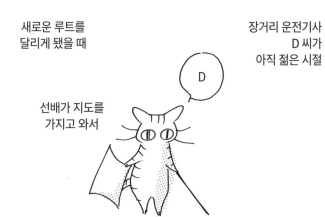

새로운 루트를
달리게 됐을 때

장거리 운전기사
D 씨가
아직 젊은 시절

선배가 지도를
가지고 와서

TONO의 묘[猫]한
괴 담 제 24 화

이건가…

선배 말대로
무시하고
지나갔는데

누가 봐도
이 세상 것이
아닌 모습으로

한밤중 산속,
선배가 말한
그 자리에

사람이
덩그러니
서 있었습니다

회사에서는 아직도
그 루트로 다닐 때는
반드시 이 얘기를
전달한다고 합니다

나도
봤어

아
그거

그 얘기를
했더니

다른 동료들도
전부 봤고…

덕분에 생각난
아주 옛날의 이야기

고맙습니다
□ 씨…

산속
무섭다…

모습이
애매하긴
한데

여자
같았어요…

제24화 끝

TONO의 묘[猫]한 괴 담

제 25 화

이번 이야기는

또 만화가 카타쿠라 신지 선생님이 해 주신 이야기입니다

아뇨, 뭘요

나중에 제대로 대접할게요~

두 번 이나…

정말 죄송합니다

두꺼비한 파당…?!

하고, 「뭐가 씌였다!!」는 느낌이 들더니

떠 엉

거기서 커다란 불상을 보고 있는데 갑자기

얼마 전에 우에노에 있는 미술관에 갔거든요

근처 바다에서 헤엄치는데,
저 앞바다에
※아그네스 람 같은 누나가
서 있는 거야

아, 내가
초등학교 때
말이야

괴담?!

카타쿠리 선생님
이야기를 듣고
또 하나 생각났는데
얼마 전에

A비
(#) 50대

라는 생각에
그쪽으로
갔는데

한 번
가 보자

뭍에서 멀지만
수심은
얕은가 보네

아,
그렇구나
저 근처

빠ㅏ

라는
생각을
하고

설 수
있구나…

제25화 끝

저 초등학교 때
심령사진이
유행했어요

심령사진을
찍으면
잡지에 실리고

이번엔
연배가 있는
A 씨 이야기

TV에도 나온다고,
같은 반 남자애 둘이
아주 열심이었죠

TONO의 묘[猫]한 괴 담

제 26 화

예?!

그 조금 전에,
학교 운동장을
팠더니
사람 뼈가
나왔어요

그래서
애들 부모님이
당황해서
카메라 사진을
처분했고

엄마들 보는 앞에서
열렸다 닫혔다
했다는 거야

애들 병실 문이
네댓 번이나
계속

B군은 수액을 맞고
C군은 다리를 다쳐서
침대에서 내려오지 못하는데

우리 학교에선
유명한 얘기였어

우와~

B군도 C군도
여름방학 내내
절에다
맡겼다나 봐

왠지
여름에

남자 초등학생이
체험하기에
딱 좋은 심령 체험을
들은 것 같은
기분이었습니다

올해도
동창회에
나오겠죠

헤~에

여전히 신나게
바보짓 하면서
중학생이 됐죠

아무래도
정신을
차린 것
같지만

그 뒤에
둘은?

106

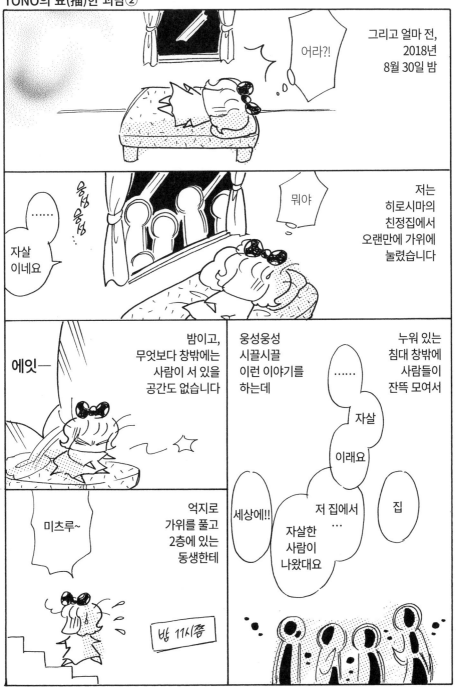

제26화 끝

TONO의 묘[猫]한 괴 담

제 27 화

1970년대

어드름투성이 나...

오늘은 제가
고등학교 때 들은
이야기입니다

초등학교 때
같은 반이었던
동네 친구가

이상해
졌대

반 친구
A

A 씨 친구
B 씨는 어느 날,
매일 타는 통학 열차

차 창 너머로

덜컹

B 씨 ↑

목매단 사람의
저주라고
하던데 말이야

그런
얘기가
있던가?

무슨
소리야?

덜컹

?

110

112

들어와

?

B는 어째선지 한 손에 양배추를 들고 나왔고

어?!
뭐야??

그 위에 물을 주는 거야

양배추를 찢어서 방 안에 뿌리고는

그,
글쎄요…

액풀이라도 하러 가는 게 좋을까?

B의 엄마

애는
「목매단 사람의 저주」라고 하는데

「저주」 같은 얘기나 할 때가 아니라 병원에 가야 하는 게 아닐까…?!

자살 현장을 본 충격으로 그렇게 됐을 테니까

그… 글쎄…?

B네 어머니도 고민 끝에 하신 말씀 같은데, 네 생각은 어때?

자 그리고

그 뒤에 B 씨는 무사히 가정을 꾸렸다던가…

지금은 그렇게 생각합니다

당고 먹을까 감주 마실까?

꺄아 꺄아

히로시마 친구들과 교토에 갔습니다

「저주」 하니까 몇 년 전에

이건 제 얘기 입니다만

그리고 유명한 오래된 신사 경내에

여기가 유명한 신사~

교토는 유명한 신사가 많아 ♪♪

118

서랍

기본적으로
「섞이는」 것은
기분이 나쁘다
다른 종류의 무언가가
이질적인 무언가가
하나로 뒤섞이는
그 불쾌함

드세요
어머님

별로세요?
죄송해요
어머니

전 이런 거
신경
안 써요

일일이 씻기
귀찮잖아요

뱃속에
들어가면
다 똑같고

며느리는
비프 스튜를
먹은 접시에
케이크를 얹어서
내왔다

아,
죄송해요.
이런 거
싫으시죠?

역시나
부모가
죽였대요

그런데
들었어요?

그리고
이런 얘기를
꺼냈다

그
모퉁이 집
딸 말인데

귀찮은
자식
이었나
보네

맞아요
...

이상한
애였다나
봐요

모퉁이 집
딸은

아직
초등학생
이었다

걔가
뭐든지 다
서랍에

집어
넣었다
나요

128

서랍

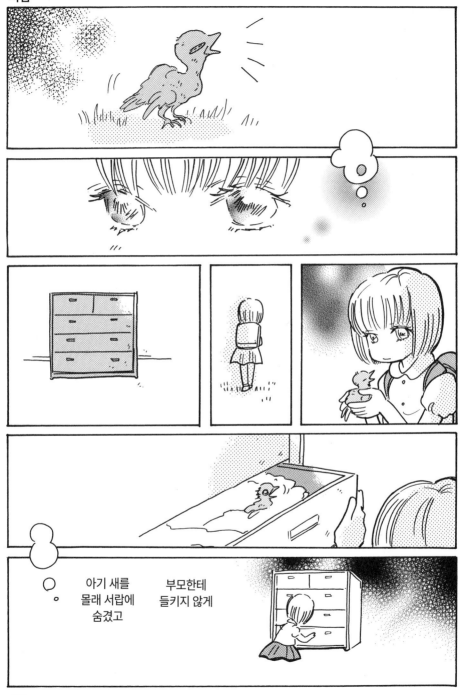

아기 새를 몰래 서랍에 숨겼고

부모한테 들키지 않게

새는 그대로
서랍 안에서
죽었다

서랍을
닫았다

딸은
새를 그대로
두고

뭐든지
몰래 숨기려고
한다

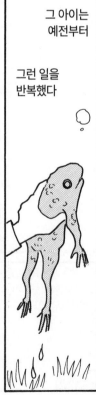

그 아이는
예전부터

그런 일을
반복했다

서랍 속에

서랍

아이 부모는
예절 교육에
엄격했다

다 먹을 때까지
일어나면
안 된다

부모 몰래
남은 음식을
서랍에 버렸다

정말
끔찍했다나
봐요

딸은
억지로 삼킨 음식을
서랍 안에 토하거나

온 집안

서랍이란
서랍마다

썩은 토사물에
동물 시체가
나왔대요

이것저것
감추려고
했나 봐요

그 애는
너무 엄격한
부모 몰래

야단을 쳐도 쳐도 계속 그래서

결국 부모도 한계가 왔다나 봐요

서랍은…

깨끗하고 청결하고 소중한 것만 넣어 두는 곳이잖아요

새로 빤 수건 같은…

그런 곳에다 시체에 오물이라니…

부모도 미쳐 버릴 만도 했죠…

서랍

다친 강아지나 아기 새는

뭐, 애들 이니까요

깨끗한 것도 더러운 것도 같이 놔두고…

키울 생각이었다나 봐요

그렇게 말하면서 며느리는

아~ 무서워. 애들은 정말 싫어

더러운 접시에 새 음식을 얹어서

이 며느리도

아무렇지도 않게 더러워진 숟가락으로 새 음식을 먹는다

뭐든지 다 섞어 버린다

그런데 모퉁이 집에

부모도

내 배를 봤다

아직 눈에 띄지 않는 내 배

결국
딸 유체를
서랍에 처박고
방치했다나 봐요

징그러
워라

비프 스튜로
더럽혀진 케이크를
아무렇지도 않게
먹으니까
모른다

그 부모에
그 자식
이지…

뭐든지 다
하나로 뒤섞고

이 아이
음식에

계속 세제를
넣고 있다

넌 섞고 싶지
않으니까

내 남편
나만의 아이
나만의
새로운 가족에

「서랍」끝

구역질

난 정말 운도 없다

가끔씩 귀신이 보인다. 기분 나쁘고 더럽고…

구토?!

구역질

뭐야···

그만해···

엄청 토하고 있고

여자랑 애들도 있어···

살 빠지겠다··· 이런 것들이 계속 따라다니면

그거··· 내 탓 이야···

······

그 얘기를 들은 남자 친구가 얼굴이 새파래져서

그런데 갑자기 왜···?! 싫었더니

으에

쏴

137

식중독을
일으켜서
많은
사람들이…

우
웨…

회사 다니기
전에는
요리사
였거든…

어째서?!

사실은
예전에

말 안 해서
미안해…

……

아…
역시
그랬구나

우
웨
에
웨~

쿨쩍
쿨쩍

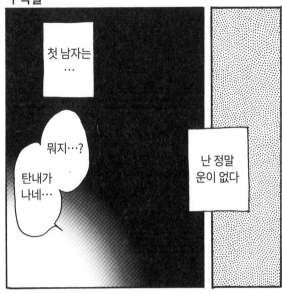

첫 남자는
…

뭐지…?

탄내가
나네…

난 정말
운이 없다

결혼하려고
했는데…

아직
괜찮아
…

뭐?

방화로

아이가
타죽게 했던
남자였다

저기…
당신 어깨에
그 매달려 있는
새카만 애는
뭐야?!

139

구역질

뱃속에 아이가 생기자마자 보이게 되니까

그냥 하세요!!

그냥

몸도 아프니까요…

좀 더 조심하세요…

아뇨

하지만 어쩔 수 없잖아

셋 정도가 아니네

저기 선배

왜 피임을 안 하는 걸까?

제가 사실은 귀신같은 게 좀 보이거든요

임신 핑계로 결혼할 생각이겠지

전에도 여러 번 했어

아마 다른 병원에서

세상에

뭐야 … 너무해

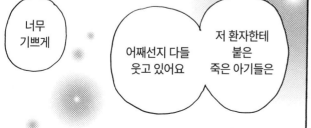

너무 기쁘게

어째선지 다들 웃고 있어요

저 환자한테 붙은 죽은 아기들은

어머나
그거 진짜
최악이다

아마
「이런 사람 애로
태어나지 않아서
다행이다」라고

애들이
그렇게
생각하는
거야

아 하 하 하 하..

난 운이
없다

정말
운이
없다

같은 여자로서
구역질이
난다…

그럼
앞으로도

계속
저러겠네요

저 사람
…

……

「구역질」끝

우행

시시한
계기로

시시한 일이
생각났다

까악!

잘 모르는
애가
저지른

어리석은
행위

그치만

리카 씨
왜
어머나!! 그래요?!

누나네 아들.
유치원 다니는
개구쟁이야

할아버지 댁
잉어는
변기에 버리면
안 돼

물고기는 다
변기에
버리는 줄
알았어

우리집 구피는
죽으면
맨날 변기에
버렸잖아

크기를
봐야지

우리 구피는
작잖아

너무
하네

자,
아줌마
한테

「놀라게 해서
죄송해요」라고
해야지

저런 미인도
화장실에 가네

참 곱구나

뭐?

무슨 소릴
하는 거야!!

뭐, 이제 곧
이 아이
「숙모」가 되긴
하겠지만

「누나」
라고
해 줘

우행

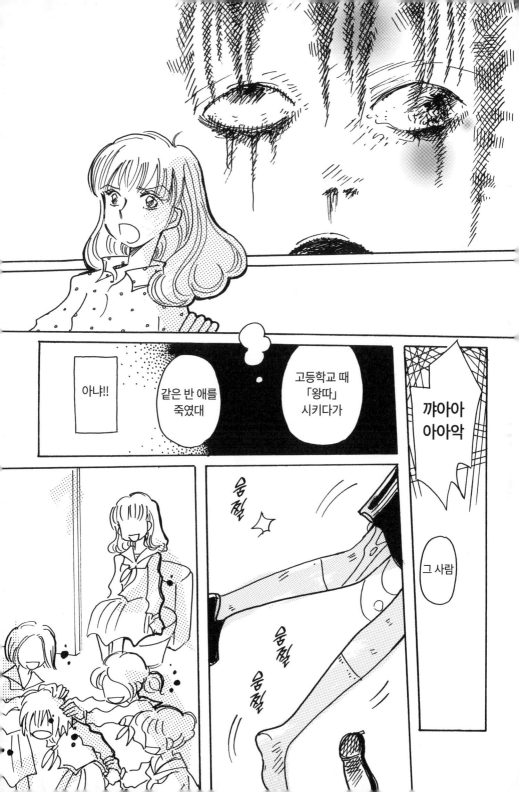

화장실
에서

많이들
하잖아

어머나,
세상에

변기에
머리 집어넣고
물 내리기

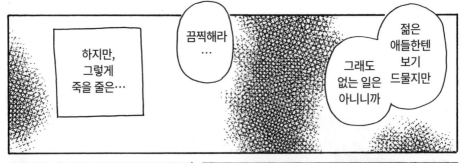

하지만, 그렇게 죽을 줄은…

끔찍해라 …

그래도 없는 일은 아니니까

젊은 애들한텐 보기 드물지만

내 탓이 아냐!!

리카 결혼 안 한대

병이면 내 탓이 아니 잖아!!

기저귀 차고 산대

노이 로제

「화장실 무서워」 「변기 무서워」 라던가

그럼 안 되지~ 드레스도 샀는데~

뭐~?

무지한 어린애가 저지른

어리석은 행위

우와 끔찍하다 …

「우행」 끝

「고양이로 그리길 잘 했다!!」라고 진심으로 생각합니다

정말 갑자기 생각한 건데

고양이로 그리면 귀엽고 빠르고 (그리기가) 그리기 편하고(내가) 재미있고(내가)

(A 씨 56세)

그리기 힘들고 재미도 없지만

괴이를 보고 놀라는 A 씨(56)

동생이랑 나랑

미안 선생님

하얀 고양이로

까만 애로 부탁 드릴게요

친구나 아는 사람들한테 들은 이야기를 그릴 때도

그래서

어떤 고양이가 되고 싶으세요?

묻는 게 재미있다

TONO의 묘(猫)한 괴담 ❷

펴 낸 날 2023년 11월 30일 초판 1쇄

지 은 이 **TONO**
번   역 김정규

편   집 정성학, 비주얼

마 케 팅 이수빈
라 이 츠 선정우
디 지 털 김효준

펴 낸 이 원종우
펴 낸 곳 (주)블루픽
　　　　　 주소 (13814) 경기도 과천시 뒷골로 26, 2층
　　　　　 전화 02 6447 9000　팩스 02 6447 9009
　　　　　 메일 edit@bluepic.kr　웹 http://bluepic.kr

I S B N 979-11-6769-255-9 07830

길찾기의 만화

즐겁게 놀아보세 ①~⑦

스즈카와 린 ■ 국판 ■ 각권 7,000원

일본의 전통 놀이가 알고 싶어요!

재미있는 놀이를 찾아 항상 시끌시끌 즐거운 세 소녀들. 본격적으로 놀이를 연구하는 '놀이인 연구회', 약칭 '놀연' 을 만들어 부활동을 시작합니다. 아, 물론 무단으로 빈 교실을 점령한 무인가 동호회입니다~! 그래도 괜찮아요. 부실에서 물놀이를 하고, 어딘가의 낙원에서 씨름을 하며 즐거운 부활동을 하고 있답니다. 네? 누군가 소리를 지르지 않았냐고요? 에이~ 착각이에요. 착각!

하쿠메이와 미코치 ①~⑩

카시키 타쿠토 ■ 46판

신장 9cm 요정들의 알콩달콩 숲 속 생활

푸르름이 가득한 숲 깊숙한 곳. 커다란 녹나무의 둥치에 집을 짓고 사는 두 여자아이, 손재주가 좋은 수리공 하쿠메이, 요리와 재봉을 좋아하는 미코치. 비가 오면 나뭇잎을 우산 삼고, 멀리 갈 때는 곤충과 새의 등을 빌리기도 하고 신문은 귀뚜라미가 배달……. 키가 9cm라서 할 수 있는 일이 가득합니다.

논논비요리 ①~⑯⁽완⁾

앗토 ■ 국판

전교생 다섯 명의 분교를 무대로 펼쳐지는 따스한 시골 라이프

길가에 소가 다니고 앞마당에서 너구리가 나오고, 초등학생과 중학생이 같이 수업을 받지만, 아무것도 할 수 없을 만큼 불편한 것은 아니니까 그것만으로는 시골이라고 할 수 없지 않을까라는 생각을 가진 아사히가오카 분교의 학생들이 작물들이 무럭무럭 자라나듯 매번 성장해가는 모습을 가만히 지켜보면 흐뭇해집니다.

호랑이 들어와요 ①~⑤

배새혁, 유은 ■ 국판

귀여운 호랑이가 집안에 들어왔어요!

어린 시절부터 서로 알고 지내온 소년과 소녀는 어른이 되어 부부의 연을 맺었다. 오붓하게 살아가는 두 사람에겐 아이가 생기지 않는 문제가 있었다. 아이를 가지기 위해 온갖 방법을 시도해보고 그래도 답이 없어 옆 마을의 용한 무당을 찾아가게 되었는데… 무당이 알려준 방법은 숲속으로 들어가 산신을 섬기는 생활을 하라는 것이었다.

길찾기의 만화

오빠는 끝! ①~⑥

네코토후 ■ 국판

오빠에겐 여자는 어려워!? 글러먹은 오빠 갱생 프로젝트 시작!!

방구석 폐인이자 훌륭한 자택 경비원인 오야마 마히로. 어느 날 아침. 자신의 몸에 이상한 변화가 생겼다는 것을 깨닫게 된다. 평소보다 가벼워진 몸, 높아진 목소리 길어진 머리카락 등으로 자신이 미소녀로 변해버렸다는 것을 받아들이기에는 많은 시간이 필요하지 않았다. 인터넷에서 인기이자, 귀엽고 아기자기한 그림으로 유명한 '네코토후' 작가의 TS만화가 드디어 한국에 단행본 발매!!

고바야시네 메이드래곤 ①~⑫

쿨교신자 ■ 국판

밤늦게까지 일하고 왔을 때, 메이드가 있었으면 좋겠습니다.

고되고 고된 일을 끝내고 귀가하니 어느덧 밤이 되었습니다. 하지만 집에 돌아와도 돌아온 기분이 들지 않을 때가 많습니다. 이럴 때는 메이드가 있었으면 합니다. 그러던 어느 날, 낮줍도 아닌 용줍을 해버린 고바야시 씨에게 드래곤인 메이드 토르가 찾아왔습니다. 고바야시와 토르의 알콩♡ 달콩♡ 살벌(?)한 이야기가 지금 시작합니다!

던전 관리인 ①~②

후타미 스이 ■ 국판

던전을 관리하는 입장에서 바라본 던전의 생태

어릴 적부터 아버지에게 특훈을 받으며 자라온 도적 소녀 클레이. 어느 날 던전에서 사라진 아버지를 찾아 던전으로 향한다. 일반적인 파티로도 공략하기 힘든 7층을 단신으로 돌파한 뒤 9층에 도착한 클레이는 9층의 보스 몬스터와 전투를 벌이게 된다. 싸우는 도중 벽이 무너지는 예상치 못한 사건이 발생하고, '던전 관리인'이라고 자기를 소개한 어느 소녀에게 영입되어 운영 측에서 일하게 된다.

히나마츠리 ①~⑲⁽ᵂ⁾

오타케 마사오 ■ 46판

헤이세이의 괴물, 닛타 요시후미. 과연 그를 좌지우지할 인물은?

혼자서 조직을 괴멸시키거나, 목적을 위해서라면 건물 폭파까지 마다하지 않는 헤이세이의 괴물, 닛타 요시후미. 혼란한 시대에 그의 라인을 타는 것이 안전하다는 것은 굳이 설명하지 않아도 될 정도입니다. 그런 닛타 요시후미를 좌지우지하는 인물이 있었으니! 세상을 놀라게 한 어느 고등학생 사장인가! 아니면, 한참 잘나가는 초인회의 사람인가! 혹은 라멘을 끓이는 어느 소녀인가!

명불허전 TONO의 판데믹 이야기

아델라이트의 꽃
2·3권 동시 출간

겉잡을 수 없이 퍼져 나가는 치명적인 '꽃병'
코로나와 치즈가 품고 있는 비밀
서서히 무너져 가는 헌트 가문과 패닉에 휩싸이는 사람들

달콤하면서도 잔혹한 TONO 스타일 판데믹 군상극이 펼쳐집니다.